衛斯理系列 少年版 30
原子空間

U0130660

作者：衛斯理

文字整理：耿啟文

繪畫：鄺志德

衛斯理
親自演繹衛斯理

老少咸宜的新作

　　寫了幾十年的小説，從來沒想過讀者的年齡層，直到出版社提出可以有少年版，才猛然省起，讀者年齡不同，對文字的理解和接受能力，也有所不同，確然可以將少年作特定對象而寫作。然本人年邁力衰，且不是所長，就由出版社籌劃。經蘇惠良老總精心處理，少年版面世。讀畢，大是嘆服，豈止少年，直頭老少咸宜，舊文新生，妙不可言，樂為之序。

倪匡　2018.10.11　香港

目

錄

主要登場角色

白素

革大鵬

衛斯理

格勒

法拉齊

第十一章

我們在這個**星球**發現了一條機械人的手臂，間接證明了這個星球曾有高級生物存在過或來過。

大家心情緊張之際，革大鵬突然驚叫了一聲：「他在裏面！」

革大鵬指着冰上的那個坑，面露驚訝的神色。他到底發現了什麼？**是機械人？還是外星人？**

我們連忙走過去看看，一邊追問着：「老天，他……他是什麼樣子的？」

5

　　只見革大鵬低下頭，望着那個坑，疑惑地說：「他⋯⋯和我們完全一樣。」

　　我們已來到坑邊，向下望去，看到了那個「人」，他身子微微蜷縮，在淺藍色的冰層之中，情況就如琥珀中的昆蟲一樣，當然是死了。

　　他神情平靜，像一個三十出頭的男子，棕髮，身上穿着一件灰色的，類似工作服的制服，左腕戴着一隻手表，看起來完全與我們地球人無異。

　　我們沒花多少工夫，就將那個人從冰層裏拉了上來。

　　他的高度大約是五呎九吋，肌肉僵硬，但由於嚴寒的緣故，皮膚色澤未變。

　　革大鵬跳進了那個坑中，希望發現更多的東西，而我就在那個人的身上搜尋着，看看有沒有能證明他身分的東西。

那人身上的冰簌簌地落下，我拉開他的衣服，找遍每個口袋，只發現一張類似工作證件的東西。

那是一張不知用什麼物料做成的卡片，約兩吋寬，四吋長，上面有着那人的頭像照片，還有一些整齊的文字，完全像是一張工作證。

然而，上面的文字雖然看起來像英文字母，我卻一個字詞也看不懂，不知道是哪個國家的語文。

革大鵬在那個坑中找了一回，顯然沒有新的發現，回頭問：「怎麼樣，你們有什麼發現？」

「你看。」我把那卡片遞給他，並説：「他看起來完全就是地球人，可是這卡片上的文字，雖然像英文字母，我卻一點也看不懂。」

革大鵬接過來細看，皺着眉説：「這確實是拉丁字母，在我那個時代，它幾乎已變成世界各地拼音

文字的主要部分了。可是這幾行字，我也看不懂是什麼意思。」

我們把那個被凍僵了的死人 **翻來覆去** 仔細地研究，只差沒有將他解剖開來而已；可是，就連他是不是地球人，我們也不能確定。

我們只好暫時將他放在冰上，又登上了 **飛艇**，繼續探索這個星球的其他地方。

飛艇一直向前飛，離冰層並不高，我們細心觀察，四周除了那種藍色的冰層之外，什麼也沒有。

足足飛了三小時，格勒嘆了一口氣，「我看這星球上，只有他一個人。」

革大鵬卻疑惑道：「如果他是這個星球的生物，不可能只有他一個。而若果他是從其他星球來的，也一定有什麼 **飛行工具** 送他來，怎麼還找不到他的飛船？」

我猜想道：「你不是説，這個星球可能發生過一場極大的**核子爆炸**嗎？會不會——」

革大鵬不等我講完，就接上去：「一切全被毀滅了，就只剩下他？」

我點了點頭，革大鵬不再出聲，將飛艇的速度提高，加快搜索。

這個星球似乎沒有**黑夜**，也沒有白天，它永遠在那種朦朧的、柔和的藍色光芒籠罩之下。

飛艇已經飛行十個小時了，我們所看到的，仍然是一片藍色的冰層。

革大鵬、法拉齊和格勒輪流駕駛和休息，我和白素也正想小睡片刻之際，卻突然看到冰層上有一處異常的**隆起物**，使我們精神一振。

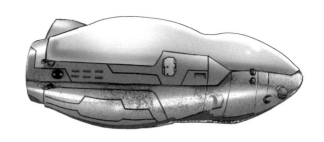

那隆起物高約二十呎，是平整的冰層上唯一的隆起物，絕不像普通的冰丘。

飛艇在它上面掠過的 **一瞬間**，我們都看到，在透明的淺藍色冰層下，有一堆石塊，形狀有點像墳墓，但因為掠過太快，看不清楚。

飛艇於是倒退停下，我們走出飛艇，一起來到那隆起物前。

這時，我們都清楚看到那的確是一座墳墓，是一座中國式的墳墓，以整齊的石塊砌成半圓形的球體，在墓前有一塊石碑，石碑斷了一半。

在那沒有斷去的一半上，透過冰層，可以清楚地看到碑上所刻的字。

而那些竟然是 **中文字**！我們所能看到的，只有「雲之墓」三個字，當然，上面本來可能還有幾個字，例如「X公X雲之墓」那樣。

看到了這樣的一座墳墓，我們都呆住了。

我們早有 **心理準備**，會在這個陌生的星球上遇見一切怪異的事物，無論是八隻腳、十六個頭的怪人，我們都不會驚訝。

然而，我們此刻發現的，卻並不是什麼怪物，而是一座墳墓—— 一座中國式的墳墓！

對我和白素來說，這是司空見慣的東西，但偏偏就是這樣平常的東西，出現在別的星球上，絕對嚇了我們一大跳！

我們驚呆了好一會，法拉齊才戰戰兢兢地開口：「這是怎麼一回事？」

革大鵬隨即吩咐他：「快回飛艇去，將聲波震盪器取來。」

法拉齊猶豫道：「你……你要將這墳墓弄開來？」

「當然。」革大鵬說。

法拉齊不多說什麼，立即照辦，不到半分鐘，便提着一個箱子飛回來。

革大鵬接過了那個箱子，打開前端的蓋，然後揮手叫我們退開。

我們退後了幾碼，只聽到那箱子發出輕微的「嗡嗡」聲，是特殊的 **聲波**，使石墓上約有一呎厚的冰層碎裂開來，紛紛落下。

只是一轉眼的工夫，冰層已落得乾乾淨淨。白素首先向前走去，我跟在後面，這時我們已經可以伸手觸及那石墓，那絕不是 **幻覺**，我們所摸到的，確實是一座用青石塊砌成的墳墓。

我將手按在斷碑上，革大鵬問我：「這件事你有什麼想法？」

我苦笑道：「或許……有一個叫作**什麼雲**的中國人來到這星球，後來死了，同伴便將他葬在這裏。」

這是我好不容易才想出來的一個可能，大家都覺得很**牽強**，革大鵬突然又抬起那箱子説：「你們再退後，我把石塊也弄開，便可以看到裏面的真相。」

這樣做似乎有點不敬，我想提出反對，可是革大鵬很**心急**，已經繼續操作着他的「聲波震盪器」了。沒多久，我們便聽到石塊發出「**軋軋**」的聲音，墓頂的石塊，首先向兩旁裂開，石塊一塊一塊地跌了下來。

石塊被弄開之後，我們看到了鋪着**青石板**的地穴，在青石板下面，應該是棺木了，革大鵬是離石墓最

近的人，他向青石板上看了一眼，臉色就大變。只見他呆若木雞地站着，目光停在那青石板上。

　　我急步向前走去，一看到青石板上的字，也驚呆住了，青石板上刻着：「過公一雲安寢於此」。這一行字還不足以使我吃驚，最令人震驚的，是這些字的旁邊，還有一行小字，寫着：「大清光緒二十四年，孝子⋯⋯」

下面的字，突然跳動起來，那當然不是刻在石板上的字真的會跳動，而是看到了「大清光緒二十四年」這幾個字後，我已經感到天旋地轉了！

這到底是怎麼一回事？

第十二章

一座古墓

大清光緒二十四年，一個姓過、名一雲的人死了，他的兒子為他造墓立碑，而這座墳墓，竟然在我們乘坐飛船，經過遼闊太空才到達的一個星球上出現，這是多麼**匪夷所思**的事！

我登時站不穩，若不是白素及時來到我背後，將我扶住的話，我一定**跌倒**了。

但是，當白素看到了青石板上的那一行字，需要扶住的反而是她了。

　　格勒和法拉齊活在他們的時代，顯然看不懂這些中國文字，所以不知道我們驚惶的原因。

　　他們連聲追問，我便告訴他們：「根據青石板上所刻的記載，墓中的人，死在**公元一八九九年**，同年下葬，這座墓也是在那時候築成的。」

　　格勒和法拉齊聽了後，臉色登時發白。

　　革大鵬抬起頭來，問我：「你還認為他是死在這個星球上嗎？你敢説在一八九九年，人便可以穿梭太空，**來到這個星球？**」

　　我搖頭道：「當然不，可是，這究竟是怎麼一回事？」

　　革大鵬臉色沉重，背着雙手，來回地踱步，一聲不出在沉思着，突然之間，他停下來，神情惶恐地説：「**除非是那樣！**」

　　「怎麼樣？」我們齊聲問。

他指着墳墓，手指在發抖，「我們一看到這座墳墓，第一個產生的疑問是什麼？」

「它怎麼會在這個星球上？」白素説。

革大鵬點頭，「對，所以我們第二個疑問，便是它是怎麼來的。第三個疑問：什麼人將這座墳墓搬到這個星球

來呢？這樣一個疑問接着一個疑問，我們便永遠找不到答案了——**除非從根本推翻這些疑問**。」

我們都不明白革大鵬的意思，他苦笑了一下，說：「我的意思是，我們從第一個疑問就問錯了。朋友們，如果你們在中國的**鄉間**，發現了這樣的一座墳墓，你們心中還會產生疑問，問它為何會在這裏嗎？」

「當然不會。」我說：「這樣的石墓，在中國的鄉間，實在太多了。」

革大鵬**攤了攤手**，「對啊，那為什麼我們現在要覺得奇怪呢？」

這時候，我和白素都明白革大鵬的意思了，不禁失聲叫道：「**不！**」

格勒和法拉齊兩人初時還不明白，但很快也恍然大悟，驚訝得說不出話來。

革大鵬點着頭，「沒錯。這座墳可能根本沒移動過，它築好的時候在這裏，直到現在，依然在它原來的地方。」

我們都 **目瞪口呆**，革大鵬説出結論：「我們如今不是在什麼新發現的星球上，而是我們出生和長大的地球！」

法拉齊喘着氣，「我們在 **地球** 上？我們的地球⋯⋯是這樣的麼？月亮呢？滿天的星星呢？山脈和河流，城市和鄉村，都在哪裏？」

革大鵬竭力使自己的聲音鎮定，分析道：「一場巨大無比的核子爆炸，毀了一切，而且還影響了地球的運行，使地球**脫出了軌道**，脫離了太陽系，甚至遠離銀河系，來到了外太空，成為孤零零的一個星球！」

他喘了一口氣，又繼續說：「而這個墓和我們發現的那個人，卻因為某種原因，**僥倖**地保存了下來。整個地球上，像這樣倖存下來的東西，一定還會有。」

我深吸了一口氣，「照你所說，我們如今就在地球上，是**未來的地球**，不知道多少年之後，經歷過核子大爆炸的地球？」

革大鵬點了點頭。

這時法拉齊已哭叫了出來：「**我們怎樣回去呢？**」

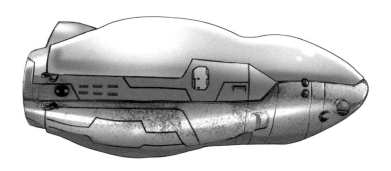

革大鵬冷靜道：「我們再向前去看看，假定這裏是中國，那麼飛船降落的地方，應該是原來的 **太平洋**，我們繼續向前飛，看看這個推斷是否正確。」

我們五個人又回到飛艇，向前飛去，三小時後，我們發現了一些石柱，毫無疑問，那是中亞細亞的建築，我們略看了一會，再繼續飛。

在接下來的兩天，零零星星，發現了不少東西，但加起來也不到十件，包括一個牛骨製成的雨傘柄、一個石頭刻成的人頭、一堆難以辨認原來是什麼東西的鋼鐵，白素說那是巴黎的艾菲爾鐵塔，革大鵬居然同意，因為照

他的推斷，那裏應該正是歐洲。雖然所到之處全是冰，但我們愈來愈肯定，這裏確實是地球。

三天之後，飛艇繞了一圈，又回到我們飛船撞出的大坑上面，革大鵬本來已準備將飛艇降落，可是忽然之間，我們都看到了那個人！

飛艇由於駕駛者革大鵬的驚惶，幾乎撞到冰層上，幸而他及時回復鎮定，才使飛艇在冰上停下來。

那個人正 **仰臥** 在深坑邊上，睜着死魚似的眼睛望着我們，他就是我們從冰層之中掘出來的那個人！

他的身子雖然躺着不動，可是他的眼球卻在緩緩地轉動着，我不禁失聲道：「天啊，他是活的！」

革大鵬也説：「**他活過來了！**」

飛艇的穹頂升起，革大鵬連忙跳出去，奔向那個人，那人抬起手來，向他招着，我頓時明白革大鵬説「活過來」的意思了，突如其來的 **嚴寒**，將那人冰封起來，身體的一切機能都停止了活動。但被我們救出來之後，寒意略減，身體的一切機能又重新開始運作，於是他便 **活過來** 了。

革大鵬來到了那個人的身邊，那人似乎在講話，但革大鵬聽不懂。

　　我相信那人所講的，一定是**地球毀滅**之前的一種世界性語言。

　　我們一起走過去，那人講什麼，我們聽不懂，他好像在**重複**着同一個字。

　　革大鵬是極富語言才能的人，他講了十幾種語言，那人還是不斷**搖頭**，彼此無法溝通。

　　我看出那人十分虛弱，便建議道：「快給他吃一點東西吧。」

　　革大鵬連忙取了一片特製的食糧，餵進那人的口中。

　　那人慢慢地吞吃着，過了不久，便能**搖搖晃晃**地站了起來。

　　我們連忙想去扶住他，可是那人忽然發出一下怪叫聲，激動地疾跳起來，看他剛才那種**虛弱**的樣子，實在難以相信他能一躍三四呎高。

他躍高了三四呎之後，在地上打了一個滾，滾出了兩碼，又**跳**了起來。

他的動作如此矯健，完全是一個受過訓練的運動健將。

我們幾個人都被這 **突如其來** 的變化弄得不知所措，直到那人站在我們三碼開外處，以一種我們聽不懂的語言，慌張地說着話時，我才登時 **如夢初醒** ᶻᶻᶻ，知道他為何這樣驚慌了。

第十三章

那個人神情十分怪異，一面望着我們，一面環看四周，當他看清周圍的環境後，臉上更露出十分惶恐而憤怒的神色來。

我推測，他這樣驚慌，是因為他不知道自己已被凍結了多久，他很可能是在那場翻天覆地的大災難來臨時，瞬間被凍結的。在他生命「被凍結」的前一刻，地球可能還十分美好，所以當他醒過來，看到四周的環境時，根本無法想像眼前這個星球就是地球。他一定以為我們這群人是外星人，把他擄來了這個陌生的星球。

只見他一面叫着，一面向後退。

我們都知道，在短時間內很難和他溝通，因為他屬於什麼時代，我們並不知道。看來，他所生活的那個時代，地球上的語言和文字已起了很大的變化。

革大鵬望着他，低聲道：「糟糕，他無法長期抵受輻射的侵襲，我們還有可以**防輻射**的飛行腰帶，可以給他一副。」

我苦笑道：「如果是一句簡單的話，或許還可以用**手勢**來表達，但這樣複雜的意思，要怎麼讓他明白？」

我倆低聲交談，使那人更感不安，他後退了好幾步，突然之間，驚叫着向左方奔逃。

我和革大鵬連忙追去，在冰上奔走十分困難，那人跑了不到幾步便仆倒了。我因為對**飛行腰帶**這東西還不習慣，所以總是忘了使用。

革大鵬卻不然，他才踏出一步，便立即開動了飛行腰帶，在那人的**頭**上掠過，攔住了他。

接着，我也開動了飛行腰帶，趕了上來，將他的退路亦堵住了。

他轉身和我打了一個照面，立時又想向旁**逃走**，可是格勒已來到了，法拉齊和白素亦隨即趕到，將那人團團包圍住。

　　那人的神情簡直像一頭被包圍的野獸一樣，不斷地望着我們，發出十分惱怒的**吼叫聲**。就在這時候，白素緊張地説：「我們都退開去，別嚇壞他。我們要和他做朋友，他才會願意將自己知道的事情告訴我們。」

　　我們四個男人互望了一眼，都覺得白素的話有道理，於是慢慢向後退開去。

　　當我們四個人都後退了幾碼之後，白素帶着充滿善意的 笑容 😊，向前走去。

　　白素在那人面前站定，向自己指了一指，又向他指了一下，再搖了搖手，表示自己 絕無惡意。

　　但那傢伙一臉迷茫。白素便笑道：「你完全聽不懂我們的話？」

　　她一面講，一面做手勢，那人大概懂了，搖了搖頭，接着講了一句話，我們卻沒有人能聽懂。

　　白素也真夠 耐心，不斷地和那人做着各種各樣的手勢，反覆地講着同一句話，希望那人能夠明白她的意思。然而，經過了半小時之久，那人和白素之間，仍然未能 交談 到一句完整的話。

革大鵬開始有點不耐煩了，他高聲叫道：「白小姐——」我想，革大鵬大概是叫白素不要再和他浪費時間了。但「**白小姐**」這三個字，在那個人所通曉的語言之中，不知道是代表什麼意思，可能和「**殺了他**」差不多，因為他一聽到革大鵬的叫聲，立時臉色一變，而當白素轉過頭去回應革大鵬時，那人竟立即揚起手掌，向白素的後頸砍下去。

幸好白素反應敏捷，迅速**蹲下**，轉身反手抓住了那人的手腕，將他過肩摔了出去。

不過，白素的手卻又及時托住那人的腰，使他安然**着地**，而白素亦隨即鬆開了手。

　　這樣做，當然是表示自己沒有惡意，但轉眼間，事情又發生了變化！

　　只見那人呆了一呆，突然又向白素伸出手來，白素以為那人想和她握手，所以也毫不猶豫地**伸出手**去。

兩手一握，那人忽然以快得難以形容的速度飛奔而去，白素自然被他拖走了。

我立時發動飛行腰帶追上去，可是那人移動的速度遠遠比我快，他們的身影很快就變成了一個**小黑點**。

我連忙折返，催促革大鵬：「快，快開動飛艇去追！」

我們四個人躍進了飛艇，革大鵬連透明穹頂都未及放下，便已發動飛艇，高速向前飛。

我焦急得額上滴下豆大的 **汗珠** 來，革大鵬忽然說：「你們在檢查他的時候，有沒有留意到他所穿的鞋子？」

我呆了一呆，革大鵬解釋道：「這個人比我們進步得多了，他的 **鞋子** 利用一種我們不知道的能量，使人能高速移動！」

我疑惑道：「但他被我們包圍時，為什麼那樣狼狽？」

革大鵬說：「你別忘了，**他也是人**，你在慌亂之中，也會忘了使用飛行腰帶。」

「那麼，他打算將白素帶到什麼地方去？」我憂心如焚。

革大鵬説：「我們繼續 **向前 一飛**，總可以找到的，別急。」

飛艇繼續向前飛，直到半個小時之後，我們看到前方冰層上，有一個圓形的 **穹頂**，非常巨大，這時正迅速地向下沉去。我們看到它的時候，它約有十五呎高，頂部圓形的直徑，約有三十呎，可是轉眼間，它已一呎一呎地沉下去，完全隱沒了。

如果不是剛才親眼目睹，我們也難以相信，冰層之下會有那麼巨大的東西。我們不知道那是什麼，只能看到它冒出冰面的部分是個 **半圓形** 球體，可是現在又隱沒下去了。

飛艇在距離那球形穹頂隱沒處三十呎左右的地方降落，我們都 **定睛** ◉ ◉ 望着那處冰面，如今已經又凝結起來，回復平面的狀況了。

　　我心中充滿了疑問：那隱沒在冰層之中的，到底是什麼東西？是「**史前怪獸**」的背脊？不，或者應該稱之為「史後怪獸」才對，因為我們正身處不知多少年後的地球。

　　如果不是怪獸，那會不會是一座**地下建築**  ？

　　若是地下建築的話，那就更駭人了，這說明地球上還有人居住，只不過是居住在**地下**。那麼，住在這地下建

築物的是什麼人呢？白素是不是被那個人拉進了這座地下建築物去？

這時，革大鵬按下了一個按鈕，飛艇的前端立時伸出了一根管子。

格勒隨即緊張地說：「領航員，如果那是一座地下堡壘，**我們可能會遭到還擊的！**」

革大鵬臉色微微一變，我不知道那根管子是什麼樣的武器，但是如果剛才隱沒的那個球體，恰如格勒所料，是一座地下堡壘的話，那麼堡壘中的人，其科學水準自然比革大鵬他們高。飛艇上的任何**武器**，在堡壘中的人看來，都是古老而可笑。

革大鵬也考慮到這一點，似乎調整了一下策略，將飛艇向上升了起來。同時，我聽到飛艇外面，響起了一種輕

微的「滋滋」聲;而那根自飛艇伸出的管子,也發出了一種深沉的「嗡嗡」聲。

接着,在飛艇的下面,冰層又化為許許多多的碎冰,向四面八方散了開去。不到一分鐘,幾呎厚的冰層,都被高頻率的音波驅散粉碎,露出了一個圓形的金屬穹頂來。

那果然是一座地下建築物!

它不但是一座地下建築物,而且從剛才隱沒地底的情形來看,它可以任意升降,不知道還會有什麼功能。

我們的心情都十分緊張,革大鵬將飛艇升得更高,以防那「地下堡壘」突如其來的反擊。在空中望下去,那金屬圓頂在閃閃生光,懾人心魄。

第十四章

全是地球人

飛艇在高空中停了約莫八分鐘，那金屬圓頂一點動靜也沒有。革大鵬又把飛艇降下去，按下一個按鈕，一根**金屬軟管**便從飛艇伸出來，那金屬軟管的一端，附有一個吸盤似的東西，迅速地吸在那金屬圓頂之上。

原來那是一個用來探測聲波的工具，我們可以聽到那「地下堡壘」內的聲音。而我馬上認出了白素在講話，她正驚訝地說：「**這是什麼地方？這些人為什麼會死？你究竟是什麼人？**」

接着，我們又聽到了那人的聲音，但當然聽不懂他的意思，而白素亦只能不斷 **重複** 地問：「這是什麼？」「究竟是怎麼一回事？」等等。

我們聽了兩分鐘，革大鵬轉過頭來，對我說：「你也可以通過儀器和她講話。」

我怔了怔，連忙叫道：「**素！素！** 你聽到我的聲音麼？」

白素的回答立即傳來，聲音中充滿了喜悅：「聽到，你在什麼地方？」

我急說：「我在外面。你怎麼樣？那傢伙將你怎麼了？」

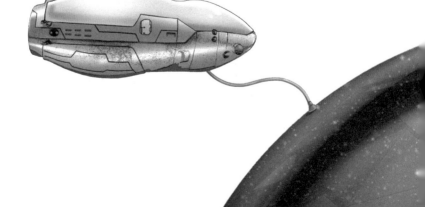

白素：「他拚命對我講話，但我不知道他在講什麼。然後他在找東西，把一個奇怪的頸圈套在脖子上，咦，他的語言變了！你聽到了嗎？那個頸圈應該是一部傳譯機！」

我們細心傾聽，那人的聲調沒有變，但他所講的語言，卻在不斷地變換着，一會兒音節快，一會兒音節慢，一會兒聽來充滿了捲舌音。

足足過了五分鐘，我們突然聽到一句聽得懂的話，那是發音正確得像是念台詞的英語，他說：

「你們是什麼？」

白素立即叫道：「是了！我們可以談話了！」

那傢伙又問：「你們是什麼？」

他不問「你們是什麼人？」（Who are you），而問「你們是什麼？」（What are you），顯然以為我們是外星怪物，和他不一樣！

白素卻反問他：「**你是什麼？**」

我估計那傳譯機不但能將他的話傳譯，也能將別人的話**即時翻譯**，傳送到耳朵去，所以他聽得懂白素的話，回答道：「我是人，是地球人，你們是哪裏來的？」

白素説：「我們也是從地球來的，**和你一樣**，是地球人。」

那人呆了片刻，才説：「不可能！如果我們同是地球人，為什麼你所講的語言，我從來沒聽過？」

白素**嘆了一聲**，「我相信是時代不同，難道你的傳譯機不知道這是什麼語言嗎？」

　　那人停了片刻，估計在查看資訊，然後訝異道：「這是……很久以前，地球上通用的一種語言，稱之為英文，你們果然……是**地球人** ！」

　　「是的，我們對你絕無惡意，而且你本來早就死了，是我們將你救活的。」白素説。

　　「胡説，我怎麼會死？我緊守工作崗位──」那人的聲音又變得充滿了迷惘：「但是……怎麼一回事？所有的一切，哪裏去了？**為什麼只有冰層，究竟發生了什麼事？**」

白素苦笑道：「那正是我們要問你的事。你將這個建築 **升上去** 再説，我想我的朋友可以幫忙一起尋找答案。」

接着，我們便看到那圓球形的建築物慢慢地向上升起。

等到它完全從冰層中升起之後，我們看到那是一個半圓形的球體，在看不出有門的位置，突然打開了一扇門，那門厚達四呎。

那扇門打開了之後，白素首先飛了出來，在我們面前 **興奮** 道：「那人找到和我們交談的辦法了，你們快來，除了他之外，裏面還有幾個人，但都死了。」

「我們都聽到了。」我説。

革大鵬按下按鈕，將那根金屬管子收回來，然後我們四個人走出了 **飛艇**，一起跟着白素進入那球形建築。

　　一進門，便是向下的金屬階梯，接着又是一扇門，

自動打了開來，我們看到內裏是一個大約十五呎見方的

屋子。

　　這間屋子的三面牆上，看來全是巨大的 顯示屏 ，

相信在他們的年代，已經不需要用雙手去操作機器，只需

要對系統 說出指示 ，而所有儀表都顯示在巨大的顯

示屏上。

我們看到幾張舒服的椅子，其中四張上面各倒着一個人，穿着和那人差不多的制服，他們都已經死了，死亡可能是突如其來的，因此他們臉上沒有那種驚惶的神色。

那個人則坐在另一張椅子上，脖子果然戴着一個非常輕巧，像頸圈般的裝置，相信就是傳譯機。

他一見到我們，便說：「你們來了，如果想坐的話，請自行把屍體移開。」

那人說的話與口形並不吻合，那是因為傳譯機將他講的話翻譯成我們聽得懂的英語。而我們講的話，相信亦會翻譯成他的語言，傳送到他的耳朵去。

革大鵬、法拉齊和格勒都移開了死人，坐在椅子上，我和白素則站着。

那人便開始介紹：「**各位，你們是在第七號天際軌道探測站之中。**」

什麼叫「第七號天際軌道探測站」？我們聽得一頭霧水，那人解釋道：「看來你們不明白，第七號天際，就是**七萬光年之外**的天際，這個探測站負責接收那處天際的信號，加以觀察和研究。我是探測站的負責人，迪安。」

53

我大概聽明白了，然後迫不及待地問：「你說你是地球人，那麼，根據你最後的記憶，地球處於什麼狀況？發生了什麼事？」

迪安努力地回想着，說：「我只記得，當時我剛換班休息，離開探測站沒多遠的時候，突然不知道是什麼力量，使我失去了知覺，而等我再有知覺時，便看到了你們，和這個完全變了樣，認不出來的地球。」

我們又七嘴八舌地問起來，白素揮着手說：「靜一靜，由我來統一問他，我相信我的問題，一定是大家都想問的。」

我們靜了下來，白素便問：「你在失去知覺的那一刻，是什麼時候？」

迪安說：「大概下午三時多，我換班的時間是三時。」

白素接着又問：「我的意思是，那是什麼年代，什麼年份？」

迪安隨即説了一個年份來，那是 **26世紀**，剛好在我那個年份的五百年後。法拉齊第一個尖叫起來：「天啊！我們……又遇上了那種 ，在退後了一百年之後……又前進了五百年！」

革大鵬搖着頭，「我們不止超越了五百年，迪安是在26世紀失去知覺的，誰知道他在那冰層之中，被埋了多久？**或許是一千年，甚至一萬年！**」

我和白素目瞪口呆，我倆是21世紀的人，和革大鵬他們已經相差一個世紀，更何況與迪安比較？

迪安顯然也聽不懂革大鵬他們三人在講些什麼，連聲發問。革大鵬便告訴他：「我們三個人，是一艘**太空遠航船**的成員，當我們從地球上出發時，是22世紀。」

迪安尖叫道：

「**不可能！**」

革大鵬又說：「我們本來是飛往火星的，但是我中途將太空船的航行方向改變，飛往太陽去，結果就出事了——」

革大鵬才講到這裏，迪安喘起氣來，連聲道：「我知道你是誰了，**我知道你是誰了！**」

第十五章

憶述災難

「你知道我是誰？」革大鵬驚奇道。

迪安說：「你一定是革大鵬，你那個時代傑出的太空飛行家，是不是？」

革大鵬呆了好一會，才說：「是，歷史對我們的記載是怎樣的？」

「你的太空船是那個時期唯一失蹤的太空船，據調查結果，你們的太空船擅自中途改變航行方向，在接近太陽時失蹤，可能是毀滅於太陽黑子爆炸時的巨大輻射波之下，一點也不剩。」迪安說。

革大鵬呆了片刻，才苦笑道：「當然，如果是我，也只能這麼推測。但事實上，我們並沒有毀滅，而是被一種奇異的宇宙震盪，帶回到**一百年前**。」

「一百年前？」迪安有點驚訝。

「是的，所以我們才遇到了這位衛先生和白小姐。」革大鵬說：「之後我們繼續飛行，可是突如其來的震盪又發生了，在震盪停止後，我們發現自己來到了外太空，被某一個星體的引力吸過去，結果就**墜落**在這裏，然後才發現這原來是地球——不知是多少年後的地球，按你所說，至少超過五百年。」

迪安呆了半晌，「這有可能麼？」

革大鵬反問道：「迪安先生，你既然負責一個科學工作站，當然也是一個科學家，告訴我，在26世紀，人們仍然未發現任何**超越時空**的方法和真實事件嗎？」

迪安說：「沒有，從來沒成功過。」

這時我也開口道：「如今事情已經比較清楚了，我們

這裏一共是六個人，**全是地球人**，卻屬於三個

不同的時代：21世紀、22世紀和26世紀。我們仍然在地球

21世紀

22世紀

26世紀

60

上，但如今究竟是什麼年代，卻暫時不知道。地球遭到了浩劫，目前只發現迪安先生一個生還者。」

大家沒有說話，都默默認同我的總結。

我繼續說：「我們自然不能在這樣的地球上生存下去，**我們要回到*自己的年代——*** 」

一講到這裏，我便停住，沒有說下去。因為我馬上想到，革大鵬他們三人當然想回到22世紀，我和白素則想回到21世紀，可是，迪安他想回到自己的年代嗎？那是地球遇到大災難、**世界末日**的年代，難道他真的想回去，再經歷一次突如其來的浩劫，被凍結在冰層之中？

只見迪安低着頭，一臉苦惱。

我們都沉默了好一會，革大鵬才說：「迪安先生，對於那場浩劫，你真的一點**線索**都不知道麼？」

迪安回答道：「在我喪失知覺前四五天，全地球人都知道，**太陽**表面有五分之一，被一場空前巨大的黑子所遮蓋。」

我不禁失聲道：「太陽被如此巨大的黑子所掩蓋，豈不是**天下大亂**？」

迪安點了點頭，「很多人開始散播世界末日危機的恐慌；有人控制了月球基地，向全人類宣揚一種新的宗教；有人爭相乘坐太空船飛離地球，率先逃難；也有人在短短的時間內，建立了小型的**軍隊**，想趁亂世崛起……」

迪安講到這裏，不禁痛苦地**抽搐**了起來。

至於地球遭遇災難後所發生的事情，他當然不知道，因為他已失去知覺，被冰封着，直到現在才蘇醒過來。

革大鵬問他：「那麼，你對地球忽然**孤零零**地懸在外太空中，表面覆滿了冰層，有什麼看法？」

迪安想了一想，說：「我想到兩個可能：一個可能是，太陽**黑斑**不斷擴大，一種在太陽表面產生的，空前未有的磁力風暴，使太陽表面**冷卻**了。」

我們聽了不禁心頭一震。

迪安繼續說：「而且，溫度的變化使得**引力**也起了變化，地球可能因此脫離了太陽系。當然，還有一個可能，就是地球上各派野心家**互相殘殺**，使用了不應該在地球上使用的武器，導致地球變成如今的模樣。」

我們苦笑着，這當然更有可能。

但不管怎樣，擺在我們眼前的事實是：在26世紀後的若干年，地球不再是太陽系的行星之一，它只是一個覆滿了冰層，孤懸在外太空，沒有任何**生機**的一個可憐星球。

　　我們這幾個曾經經歷過地球上無比繁華的地球人，如今卻在這個滿目瘡痍的地球上，實在令人不勝唏噓。

　　我們一時之間也不知道該說什麼。革大鵬站了起來，查看着四周，看見室內除了三面牆壁上的巨大屏幕之外，看不到任何操作按鈕或儀器。

看見革大鵬到處摸索，迪安忍不住問他：「你想找什麼？」

革大鵬轉過身來，「你們的儀器呢？我想看看你們這裏有什麼可以利用的東西，來修復我們的太空船 。」

「修復太空船？你想去哪裏？」迪安問。

「當然是想回去。」革大鵬說：「我們是怎麼來的，自然有可能怎麼回去。我要修復太空船，再飛向太空，去碰碰運氣！」

革大鵬說完又去觀察摸索三面的工作台，只見也全是屏幕，無從入手。

迪安忍不住笑道：「到了我們這個年代，一切操作

都是聲控，甚至控制的。」

「那麼機器零件呢？有沒有適合我們太空船用的東西？」革大鵬問。

迪安喊了一句：「聽指令，顯示目前各系統狀況。」

話音剛落，其中一個巨大屏幕便顯示出探測站現時各個系統的狀況。迪安仔細看了一會，説：「這裏的動力系統還十分好，而且應該可以改裝到你們的飛船上，那麼飛船便有強大的動力去進行修復和航行了。」

「好，那就拜託你了。」革大鵬立即客氣起來。

迪安說：「請你們先出去，我將探測站升起，使它的動力系統暴露出來，以供**拆除**。」

我們聽從他的吩咐，從那個「探測站」中走了出來，仍然站在冰層上。

我們走出來之後不久，就看到那球形的探測站中部，忽然突出了一對環形的翼，以致整個探測站的形狀，看來有點像**土星** 🪐。

那環形的翼伸出了十呎左右，探測站便開始向上升起，升高了二十呎，便停下來，門打開，迪安飛了出來。

他指着冰層下面、探測站飛起之後的一個深坑，叫我們看。我們向下看去，看到在坑中有一塊金屬板，呈**正方形**，不知覆蓋着什麼。

革大鵬已迫不及待跳上了飛艇，用一根金屬軟管，將那塊 **金屬板** 吸了上來。

金屬板被揭起之後，我們看到一塊一塊，約有一呎見方的紅色東西。

我不知道那是什麼東西，只聽到格勒和法拉齊兩人齊聲 **歡呼** ，我連忙問：「這是什麼玩意兒？」

第十六章

看到了太陽

格勒興沖沖地告訴我：「這每一塊紅色的東西，就是一個小型的**核子反應堆**，這裏一共有十二塊，十二個核子反應堆所產生的動力，幾乎可說是用之不盡，他們畢竟比我們進步得多了。」

在迪安那個年代，科技已經先進到依靠**人工智能**和機械人去做一切修復工作，只需要一部機械人，接入電腦系統，便能修復所有軟件問題。而硬件方便，也是設計成易於讓機械人修理的。

迪安喊了一句：「**聽指令**，費斯，出來幫忙。」

原來「費斯」是機械人的名字，我們看到一個機械人從探測站「爬」了出來。它上半身和人類差不多，比人略矮，卻沒有人的下肢，而是有八條像 **蜘蛛** 那樣的腿，能走能跑，能上落樓梯，甚至能爬牆、爬天花板，比人類靈活得多。

但我們發現費斯只有一條手臂，缺少了另一條手臂，迪安正發愁之際，我不禁叫了起來：「**是那條機械臂！**」

我認得費斯身上的機械手臂，與我們早前在冰層裏找到的那條手臂十分相似，一看便知它們是一對的。我立即告訴迪安，然後從 **飛艇** 取出那機械臂來，裝回到費斯身上，費斯可以正常運作起來了。

迪安又向費斯說：「**聽指令**，費斯，去幫他們維修太空船，安裝動力系統。」

費斯發出了一句話，我們聽不懂，但估計是「知道」的意思。

迪安又命令道：「聽指令，費斯，對他們說話時，採用21世紀通用英語。」

費斯立時用英語說：「好的。」

費斯於是開始工作，將那些紅色方塊搬運到飛艇上，跟隨革大鵬回去那深坑中的飛船，替飛船作維修。

可是對費斯來說，革大鵬的飛船太古老了，如果想盡快修理好，革大鵬他們必須跟着機械人的指示。

至於我和白素，是**更古老的人**，連協助修理飛船的知識和技術水平都不具備，在接下來的幾天，只能**袖手旁觀**。

幸好操作小飛艇還不算難，我和白素於是駕駛着飛艇，四處觀察，看看還有沒有其他有用的發現。

我們之前已經用這艘小飛艇繞過地球一周，所以這次也不期望會有什麼重大發現，我們只是四處走走，當作**散步**  一樣。

我們甚至真的將飛艇停下來，兩人在冰面上漫無目地閒盪着。

卻就在這時候，白素忽然站定，向前指了一指，**「你看，那是什麼？」**

我循她所指看去，不禁呆了一呆。那是一根 **金屬棒**，頂端冒出冰層約半呎左右。我趕前幾步，握住了它，**猛力** 向上一提，就將那金屬棒從冰中拔起來了。

當金屬棒被拔起的時候，四面的 **冰層** 也翻起了不少來。在金屬棒的另一端有一塊三呎見方的平板，這塊平板連着金屬棒一起被拔出。而我們發現，那平板是蓋着一個地下室的，平板被掀了起來，冰塊跌進地下室裏，發出空洞的聲音，我們連忙俯身看去。

只見那 **地下室** 內，有一具如同高射炮似的儀器。我馬上看看手中

的金屬棒，它其實是炮管末端的一部分，內裏滿是折光的晶狀體，我初步判斷，那**高射炮**似的東西，是一具望遠鏡。

這時，白素已經跳進地下室去，我也連忙跟着跳下去。

那具「望遠鏡」後面有一個座位，座位上坐着一個人，準確點說，是一具**骸骨**。座位對着一張工作台，而骸骨的右手，剛好放在一個旋鈕之上。

整個工作台面，就只有那個旋鈕。我出於好奇，伸手移開了那人的幾根**手指骨**，嘗試轉動那個旋鈕。

我左右胡亂地轉動了幾下，忽然之間，工作台前方的 **牆壁** ，突然出現了畫面，是一片血紅色，像是在近距離觀察太陽一樣！

我忍不住叫了出來：「**這是太陽！** 你覺得是不是？」

白素呆呆地看着，「好像是。」

前面的牆壁原來是一個巨大的顯示屏，我看到一個巨大的、灼亮的球體，那是我們極熟悉的一個星體——太陽！

我們看到太陽的表面上，有着一塊巨大的 **黑斑** ，那黑斑甚至覆蓋了太陽表面的一半以上。黑斑的邊緣不斷有氣流向上捲起，而黑斑的形狀也在緩慢地變化，顏色時深時淺。那是極其 **驚心動魄** 的情景。

我們兩人呆了好一會，才一起失聲道：「天啊，這真的是太陽！」

我接着説：「這就是迪安所説的太陽了。」

白素吸了一口氣，指着那具「望遠鏡」説：「一定是這具儀器記錄下來的，它很可能記錄了那場災難前，**太陽變異的過程**，直至地球毀滅為止。我們快通知他們！」

屏幕上一直顯示着太陽的情況，同時響起了聲音，是一個人在喃喃地説話，聽起來，應該是迪安那個年代的語言。

而我則嘗試利用防護服的**通訊器**，聯繫革大鵬他們，「有人聽到嗎？我是衛斯理，我這邊有新發現！」

沒多久，便傳來革大鵬的聲音：「聽到了，有什麼新發現？」

　　我便將這裏的情況告訴了他，然後問：「迪安在你的身邊嗎？這裏不斷播放 着一個人的講話，好像是迪安那個年代的語言，我們聽不懂。」

「你等等，他就在不遠處。」

革大鵬說完後，**靜默** 了一會，便傳來了迪安的聲音：「衛先生，是誰的講話？讓我聽聽。」

「好，你聽聽。」我和白素都靜下來，讓那些講話的聲音，通過防護服上的接收器，傳送到迪安那邊去。

聽了一會之後，迪安突然驚喜地叫了出來：「是森安比！**是森安比在說話！**」

「森安比是誰？」白素禁不住問。

「他是我們那個時代最偉大的科學家，他現在在哪裏？」迪安着急地問。

白素凝重地說：「如果沒有錯的話……在座位上的那副骸骨……**就是他。**」

第十七章

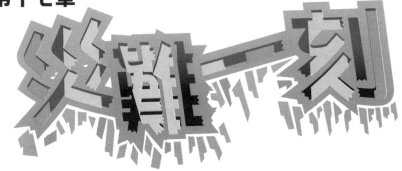

災難一刻

迪安得知那位偉大的科學家森安比已成了一堆白骨，不禁嘆了一口氣。

這時我聽到革大鵬着急地問：「那個人到底在講什麼？」

迪安轉述道：「他說，當太陽**大黑斑**被發現的那一天起，他便知道末日來臨了，他用兩天時間設立了一個地下室，裝有一具能觀看太陽的特殊望遠鏡，用來記錄太陽表面所發生的一切變化。他記錄了三天，那是他**最後的紀錄**——」

「他怎麼説？」我着急道。

迪安吸了一口氣，「他説，黑點將整個太陽包圍住了，黑斑的擴展突如其來，一秒鐘  之內，太陽不見了，消失了，地球正迅速無比地逸出軌道，溫度急降。接着，他已經説不出話，時而怪笑，時而嚎哭，然後就沒有聲音了。」

我們沉默了好一會，然後迪安問：「那個地下室在什麼地方？我們來看看。」

我於是駕駛飛艇回去，接他們來這地下室。

十分鐘後，我們已齊集於那個地下室內。迪安純熟地操作着那顆旋鈕，快速觀看**太○陽變異**的整個過程。尤其在最後的一刻，大家屏息凝氣，十分專注地看着。

正如那位科學家的錄音所說，那是突如其來的，在不到一秒鐘之內，太陽突然變成了墨黑的一團，接着，便像一團雲遇到了 **狂風** 一樣被「吹散」！這時，屏幕顯

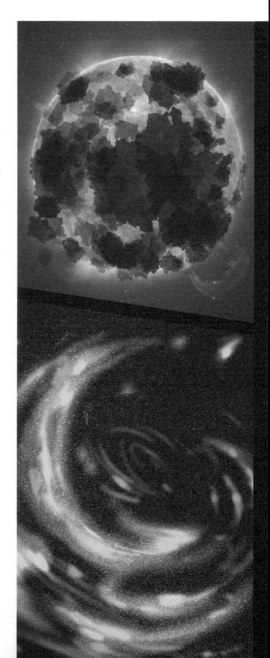

示的畫面，已是一片黑暗，但過了一會，我們又看到了極為奇異的景象，我們看到一個火紅色的大星球迅速掠過，我們幾乎齊聲叫道：

「**是火星**！」

除了火星之外，緊接着又有許多星體掠過，那不僅是地球的毀滅，而是**整個○太陽系**的毀滅。所有星體都逸出了它們原來的軌道，不知道到什麼地方去了。有的是孤零零地逸出去；有的引力較大，便

引着一群其他的星球一同逸出，不知要逸出多遠，才停下來，形成一個新的天體系統。

畫面上掠過的星體漸漸減少，接着，便出現了一片蔚藍，深而純的藍色，正是我們現在看到的**天空**。

看到這裏，迪安關掉了畫面，地下室**籠罩**在一層暗而藍的光線之中。我們都坐在這種光線之中，誰也不想動一動。

過了許久，還是革大鵬先開口：「我想我們該去工作了。」

他拍了拍迪安的肩頭，迪安明白他的 **心意**，站了起來。我們於是一起出了地下室，革大鵬對我說：「我計劃把這地下室 **一切有用的** ，也搬到飛船上去，這又需要一些時間，在這段期間，你和白小姐繼續用飛艇飛行，看看可有什麼新的發現。」

我點頭道：「我正是這麼想，我們一有發現，立即再和你 **聯絡** 。」

我們一起登上了飛艇，先將他們送到飛船去，然後我和白素又駕着飛艇「**遨遊**」。

這裏沒有白天和黑夜之分，大概過了四天，仍沒有什麼新的發現，小飛艇繞了地球一周又回到了那個大坑邊，這時飛船的修理和加裝工作大致完成，並且已經停在大坑

邊上。我看到飛船頂部的透明穹頂上，有一根炮管一樣的東西伸出來，正是從地下室搬來，安裝到飛船上的那具望遠鏡。

我們一共六個人，屬於 **不同的時代**，但宇宙中不可思議的力量使我們相遇，如今我們要一同乘坐這艘大飛船，離開這個已經不宜居住的地球，去尋求那種奇妙而神秘的 **宇宙震盪**，希望能將我們帶到自己所屬的年代去。

我們不知道要在飛船中過多久，可能是度過一生，直到生命終結，因為我們可能 **永遠** 也遇不上那種震盪。

經過機械人費斯的嚴密檢查，確認飛船完全運作正常，可以起飛出發了。

迪安並非 **太空飛行** 方面的專才，所以主要的駕駛責任仍落在革大鵬身上。

「準備好了嗎？」革大鵬刻意用振奮的語氣大聲問。

我們也像士氣高昂的士兵那樣大聲回應：「**準備好了！**」

革大鵬便啟動新的動力系統，發動飛船，飛船震動了一下，然後以前所未有的速度飛去。

「太快了！」革大鵬驚嘆道。

迪安卻 😅**苦笑** 了一下，「這就叫太快了？比起光的速度來，還差得遠。」

法拉齊哭喪着臉，「而且就算有光的速度，也還是不夠的，我們要快過光才行！」

革大鵬沉聲道：「沒有什麼速度可以和光一樣的，也別說要超過 **光速** 了。我們只求遇到那種宇宙震盪。」

法拉齊憂心忡忡，「就算遇到那種震盪……也可能將我們帶到更遙遠的年代去。」

革大鵬吸了一口氣，「當然有可能，但是我想，不論回到任何一個年代去，都比留在這裏好，大不了就和**恐龍**決鬥。」

我沒想到革大鵬也有幽默的一面，但法拉齊依然被他的話嚇得臉色發青。

飛船全速飛馳，通過那具望遠鏡，我們可以在熒幕上看到更遠的地方，可是影像依然只是一片深藍色──**無邊無涯**的深藍色。根據飛船的日曆鐘顯示，我們在這深藍色的空間中，已經飛行了四個月。在這四個月的飛行中，我們沒遇到任何其他的東西，也沒有遇到任何震盪。

一切平靜得出奇，我們**期待**着的震盪，一直沒有出現。

　　到了第五個月的最後一天，我們總算在熒幕上看到了深藍色以外的另一種顏色，那是一大團 **淺灰色** 的雲狀物。

　　這個發現使我們興奮，革大鵬糾正了航行方向，使飛船穿過這團雲狀物，其 **直徑** 大得驚人，飛船在這團氣體中，足足飛行了一天多，所以有足夠的時間，抽取樣本，分析這一大團氣體的成分。

分析的結果是，這一大團 氣體 的主要成分竟然是氣體的鎳！

那就是説，這團氣體的溫度之高，足以令鎳成為氣體！

幸而飛船的外殼，是用特殊耐高溫的合金鑄造，要不然，我們早也 蒸發 成一股氣了。

穿過了這一大團氣體後，過了十多天，我們看到了另一個星體。

那個星體看來極美麗，呈扁長形，散發着一種灰濛濛的光華。

電腦系統 立即計算出，它的體積和地球差不多，表面有一種不能分析出來的不知名氣體。

這個星體的引力也和地球相似，因此在這個星體上 降落 也非難事。

　　我們幾個人進行了一個短暫時間的商議，一致決定在這個星球上降落，看看它究竟是一個什麼樣的星球。革大鵬於是駕駛着飛船，漸漸地向那個星球接近。

　　兩天之後，我們已經可以清楚看到那個星球表面上的情形，它被一種淡青色的空氣所包圍着，而在那淡青色的氣層下面，我們看到無數發光的晶體，形狀看不清楚，但從閃耀不定的光芒來看，它一定是多邊形的。

　　格勒不斷地運用各種儀器，探測那星球表面上的一切，他又測出那星球的表面上，溫度十分低，遠在冰點之下。

　　又過了一天，我們距離那星球愈近，看得愈清楚，我們已經可以看到，那些在遠處看來如同鑽石似的發光晶體，事實上十分巨大。

那種晶體的形狀非常奇特，是一種十分難以形容的立體，但它們幾乎是**千篇一律**的，大約只有兩三種變化。

我忽發奇想：「那些奇形怪狀的東西，會不會是這個星球上的人所住的**房子**呢？」

革大鵬立即質疑：「房子為什麼要做成那種奇怪的模樣？」

我苦笑道：「地球上的房子，幾乎全是**方形**，在外星人的眼中，可能也非常奇怪。」

法拉齊惶恐不安，「你們說……這星球有人？」

當我們想取笑法拉齊的時候，看到熒幕上出現了一個極大的廣場。

整個廣場都是發光的晶體所鋪成的，看來像是一面有陽光照射的大鏡子，而在這個廣場上，停着不少灰黑色的東西，形狀如香蕉，但看它們移動的情況，似是一種飛行交通工具。

法拉齊看到了，立刻驚叫道：「我們快掉頭吧，這個星球上真的有人！」

第十八章

對於可能會遇上**外星人**，格勒的臉色也不免發青，「我們航行的目的是尋求宇宙震盪，我想還是不要在這裏降落比較好！」

我和白素緊緊地**握着手**，老實説，我心中也猶豫着該不該繼續向這個星球航去。但革大鵬臉色十分堅定，説：「怕什麼？如果遇到外星生物，就將其製成標本！」

「可是萬一他們比我們**高等**得多呢？」法拉齊擔心道。

「那就好好和他們溝通吧。」革大鵬主意已決，揚起了左手來，高聲喊：「大家做好準備，我們就在這個廣場上降落。格勒，這廣場的硬度是多少，快告訴我。」

格勒回答道：「是二十四點七。」

革大鵬滿意地點點頭，「足夠降落有餘了。」

飛船的飛行速度漸漸減慢，而星球表面上的情況也愈來愈清晰，我們看不到半點生物，所看到的全是那種發光的晶體，幾乎佈滿整個星球的表面。

那個廣場的面積也遠在我們的想像之上，它幾乎佔了那個星球表面的八分之一！

試想想，那就等於在地球上，大過整個了，整個南美洲，只是一幅鋪滿了晶體的廣場，這是多麼難以想像！

要在那麼大的廣場上降落，倒很容易。

飛船順利降落後，我們幾個人都深深地吸了一口氣，穿好防護衣和氣氣罩，利用飛行腰帶從大門飛出去，落在那廣場上。

那廣場無疑是「人」為的，因為它全是十吋見方、**平滑無比**的一塊塊結晶體所鋪成，比起這個廣場，地球上的七大奇蹟，也如小孩子玩的**積木**而已。

　　我們還來不及俯身去觀察那些晶體，各人臉上卻忽然露出錯愕的神色來。他們一定和我一樣，忽然「感到」有人在講話，那不是實在的聲音，而只是「感到 」，是一種奇妙而難以形容的感覺。從其他人臉上的神色看來，他們一定也「感到」有人在說話了。

　　我所「感到」的話是：「歡迎你們來到永恆星。」

　　我和白素同時失聲道：「　　永恆星！」

　　我們兩人聽到的是中文，而格勒他們也叫道：「永恆星！」他們聽到的是英語。

　　至於迪安也叫了一聲，通過傳譯頸圈，也是標準英語的「永恆星」，但我相信，他聽到的，一定是他自己的語言。

　　我們幾個人幾乎是同時叫出來的，我相信大家都「感到」了同一句話：「歡迎你們來到　永恆星！」

接着，我又「感到」有人在說：「是的，永恆星歡迎你們來，你們可以說是永恆星上的**第一批 訪客**，我們當然歡迎。」

法拉齊忍不住叫道：「這是怎麼一回事？有人在說話，你們聽到了沒有？」

我大聲說：「我們無意中來到這個星球，如果表示歡迎的話，你們在哪裏？」

我們都**屏息凝氣**地等待着，但是沒見到有什麼出現，只「感到」一陣「笑聲」，接着又有一些「話」：「你們放心，雖然你們腦電波的能量是如此之低，極容易受影響，但你們不會受到傷害。因為我們是永恆的，我們在一個永恆的星球上，**永恆地存在**。任何生物只會在怕被人傷害的情形下，才會去傷害別人，而我們既是永恆的存在，就沒有什麼好害怕的，那為什麼還要傷害別人？」

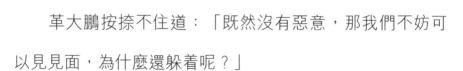

「永恆的？那是什麼意思？」我問。

「**永恆的 生物？**」革大鵬亦很疑惑。

白素揚起了雙眉，「我不信宇宙間有永恆的東西！」

白素在講完了那句話之後，

臉上突然紅了一紅。

我們都知道白素臉紅

的原因，因為我們同時「感

到」那人說：「你對**宇宙**的

事，知道多少呢？」

革大鵬按捺不住道：「既然沒有惡意，那我們不妨可

以見見面，為什麼還躲着呢？」

我們立即「感到」了回答：「我們全在你們的周圍。」

我們大吃一驚，四面看去，什麼生物也沒有。老實

說，我不是沒有**想像力**的人，我已經想到，這個

星球上的高級生物，或許小得像螞蟻一樣。所以我立即細心觀察地面，卻仍然看不到什麼。難道這星球上的高級生物，是細小到我們肉眼無法看見的 微生物？

革大鵬幾乎是怒吼：「你們在哪裏？為什麼我看不見你們？你們的身體有多大？長什麼樣子？你們是什麼？」

我們都得到了回答：「我們實在 不是什麼，也沒有什麼樣子。」

革大鵬快要瘋了，只有白素能保持冷靜，溫和地問：「可以解釋得明白一點嗎？我們屬於兩個不同的星體，很多事情難以理解，請見諒。」

回答道：「當然可以，我們會給你們看一些東西，希望你們不要吃驚。正如剛才那位小姐説，我們屬於兩個不同的星體，對一切事物有着不同的概念，當你們看到從未想像過的東西時，難免會吃驚。」

革大鵬説：「好，我們已準備好吃驚了，你給我們看的東西在哪裏？」

我們「感到」的回答是：「在我們的博物館中，這博物館是在……照你們地球上的所謂光陰來説，是一億多年前所建造的，你們等着，有飛艇來了。」

我們「感覺」完那句話不久，一艘香蕉形的飛艇便無聲無息地來到我們身邊，停了下來。那「飛艇」十分大，足有四十呎長，停下來之後，打開了一扇小門，那門細小得像是給兒童玩耍的一樣。而這時候，我們腦中又有了感應：「對不起得很，這種飛艇也是

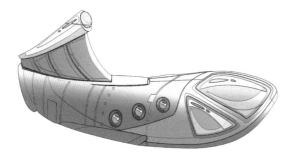

許多億年前的東西，那時候，我們已進化得十分細小，所以門也開得很小，要請你們擠一下才能進去。」

我們**魚貫而入**，發現飛艇內並沒有人，而座位根本細小得不能坐，我們站穩後，飛艇便自動起飛了。

飛艇的速度極高，卻又寧靜得出奇，而且非常平穩，完全感覺不到它在移動。**一轉眼**的工夫，就到達目的地了。飛艇停下來，我們被「請」出飛艇，來到了一座奇形怪狀的晶狀體前面，我們又被「請」進一個小門口，走入了這座**閃閃發光**，形狀怪得難以形容的「建築物」內。

裏面十分空洞，用來建造這座**博物館**的晶體是半透明的，所以內部十分光亮，我們看到幾條長長的通道，不知通向何處。

　　這時候，我們又有感應：「請不要吃驚，你們將會看到的，只是模型，雖然它會動，但完全是假的，你們第一個看到的，將是**七十六億年前**的我們，那時你們地球還未誕生。」

　　我們都苦笑着，當太陽系還未形成之前，這些永恆星人已經開始在演化了，他們比我們進步多少倍，實在難以計算。

　　我們屏息凝氣地等着。

　　在一條通道中，無聲無息地滑進一塊方形的晶體來，而晶體上坐着一頭**怪物**。

　　實際上，「他」是坐是站，也無法分得清楚，因為那怪物只是一團紫色的東西，若要勉強形容的話，就像一隻跳蚤放在幾百倍的**顯微鏡**下，所看到的形象。但他有着兩排眼睛，閃耀着紫色的光芒。

　　我們六個人都不由自主地互相緊握住手。

這樣的眼睛，表明他們**極高等的生物**，絕非普通怪物。

大約一分鐘後，那「人」退了回去，在另一條通道中，又滑出了另一個「人」來。

第十九章

太空漫遊

第二個來到我們面前的模型，和第一個大體上差不多，只是少了一些鬚狀的東西。

我們「感到」的解釋是：「這是五億年之後的我們，以後，每交替一個模型，便是**五億年**，請你們注意我們形體上的變化。」

以後，每出來一個模型，形體都小了許多，而且形狀也愈來愈簡單，一些不必要的器官都完全**退化**了。唯一沒有變的，是那兩排眼睛。

到了第十二個模型時，變化得特別顯著，那種高級生物，已經只剩下了一個圓形的「身體」和那兩排眼睛。

　　我們又「感到」有人在説明：「生物的進化，表現在器官的退化之中，如果舉地球上的例子，我想你們比較容易明白。猿人進化到人，**尾巴** 退化了；軟體動物中，頭足綱的鸚鵡螺，是有貝殼的，然而進化了的烏賊，**貝殼** 便已退化到軟體之中。當然，這種退化必須經過許多代的長時間演變，動不動就幾億年。在這個模型對上的五億年中，由於我們發明了用腦電波操縱一切，所以我們的肢體幾乎全因為 **沒有用處** 而退化了，你們看到的只是我們的頭部。」

　　這個模型退了回去，第十三個模型又來到我們面前，圓形的「身體」變成**長條形**，又小了許多。

　　而第十四個模型，那「身體」已不見了，只有兩排紫光閃閃，看來十分駭人的眼睛。

　　第十五個模型，是最後一個，我們看到的是一個只有拳頭大小的**紫色發光體**，小得如此出人意表之外，形狀也接近圓形。

　　當第十五個模型退了回去之後，我不禁失聲道：「那麼，你們如今是什麼樣子？」

　　回答來了：「**我們如今不是什麼樣子**。當你們看到最後一個模型時，我們已經進步到只要保存腦神經中樞的一部分，發出**腦電波**指揮一切的地步，所以除了這個器官之外，別的器官都退化了。」

「以後呢？」白素好奇地追問。

回答是：「以後的四億年左右，我們又發展到腦電波可以單獨存在的 游離狀態 。腦電波可以離開一切器官而獨立存在，這是我們跨向永恆的最重要一環，因為任何器官都不能永恆存在，在這以後的一億年之中，我們最後的器官也退化了。」

格勒驚訝道：「那麼你們……變成什麼都沒有了？」

「哈哈哈 ，沒有一切，也等於擁有一切。我們是永恆的存在，你知道電波的速度麼？腦電波本身就是一種無線電波，我們擺脫了一切器官的 束縛 ，便能以無線電波的速度自由來往。所以當你們降落永恆星時，我們 一念間 就全來到你們的身邊了！」

法拉齊是第一個捧住了頭、尖叫起來的人，迪安是第二個，格勒第三，我、白素和革大鵬則是同時怪叫。

我立時「感到」有人對我説：「這是生物的進化過程，你們不必**大驚小怪**。」

革大鵬突然問：「對於宇宙中，一種能夠使人**穿越時空**的震盪，你們知道多少？」

回答是：「那種**震盪**，是星系的一種大移動所造成。銀河系中，有着無數個大恆星，相互牽引成為一體。但整個銀河系不是靜止不動的，有時候會震盪一下——是什麼原因我們也不知道，這種震盪發生得極快，如果恰好有生物被這種震盪捲入，那就十分有趣了。」

格勒「**哼**」了一聲：「一點也不有趣，我們就是遇上了這種震盪，一下子倒退了一百年，一下子又超越了無數年。」

「你們想回去，是不是？那只好**碰運氣**了，你們向銀河系飛去，總有機會遇到那種震盪的。但很抱歉，我們

幫不了忙，我們唯一能做的，就是給你們指示銀河系的方向。」

「我們明白了，謝謝。」革大鵬向我們作了一個手勢，我們便一起退了出去，再被送回到我們的飛船旁邊。

我們進入飛船後，又「感到」有人在向我們說：「祝你們好運！」

等到飛行的一切準備工作都做好了之後，革大鵬首先嘆了一口氣，「我們再次飛行，能否遇到那種宇宙震盪，

117

確實要看運氣。我們是太空流浪者，我們的飛船和整個太空相比，就像海洋和海洋中的一個 **浮游生物** 一樣，我們可能永遠找不到什麼。但在這個永恆星上，大家至少可以生存下去，如果有人希望留下來，我 **絕不反對**，而我相信『永恆星人』一定樂意照顧留下來的人。」

我和白素 **不約而同** 地搖頭，「我不願意留下來。」

而我留意到他們每一個人幾乎都是毫不考慮地搖着頭。

「革先生，你呢？」我問。

革大鵬笑了笑，只說：「那麼我現在起飛了，萬一找不到**歸宿**的時候，大家要記得，我身為一個領航員，曾提醒過各位的。」

我們沒有多說什麼，就讓革大鵬發動飛船，以極高的速度向前飛去，我們所飛的方向，也是感應到永恆星人的指示。

時間一天天過去，我們的飛船在**無邊無際**的太空中飛行。開始時我們還熱切地盼望着宇宙震盪的到來，但隨着時間過去，我們都幾乎絕望了！

我們每一個人都變得非常沮喪，唯一心情不變的，就只有**機械人**費斯，我們天天讓費斯給我們講笑話，但到了後來，我們聽笑話也聽得麻木了，怎麼也笑不出來。

望着費斯，大家開始，如果我們是機械人，那就不會死；如果不會死，一直生存下去，遇到宇宙震盪的機會就大得多，總有一天會遇到

的。法拉齊更因此着手研究怎麼把自己變成**機械人**，那當然是徒勞無功，但總算可以消磨一下他的時間，使他保持着一絲希望。

不知道又過了多少個月，某一天，我和白素在房間中還未睡醒之際，傳聲器突然傳來革大鵬的**怪叫聲**。

我倆匆匆起來，去駕駛室看看發生了什麼事。

一進入駕駛室，我們嚇了一跳，只見室內一片光亮，異於尋常，亮得我們幾乎睜不開 **眼睛** 👁 👁 來。

光亮從大屏幕而來，也從透明的穹頂射進來，我們要費上一些時間，才能夠看清楚情況。

我和白素是最遲趕到駕駛室來的人，只見革大鵬正 **指** 👉 着熒幕，而我們誰都可以看到，他所指的，是一條極長極寬的光帶。

第二十章

繼續流浪

從飛船的穹頂也能看到，那光帶所發出的光芒十分強烈，飛船愈向前去，光芒愈強，使我們幾乎睜不開眼睛來。

革大鵬按下一個鍵，透明穹頂立即變成灰黑色，阻隔了大部分的光，而熒幕也調節到最黑的程度。

我們不知道那是什麼，但經過了如此漫長的航行後，忽然遇見新的東西，總是令人興奮的。

不過，興奮很快就變成了 驚恐，因為那光帶突然擴展開來，剎那之間，整個熒幕、穹頂都被灼亮的光芒淹沒，飛船也突然 旋轉 了起來，就像一個乒乓球被捲進了一道湍流之中！

在太空船剛開始旋轉之際，革大鵬還 手忙腳亂 地企圖止住它，但很快就發現是不可能的，於是乾脆放棄控制，緊緊地扶住了椅背，我們每個人都是那樣，緊抓住身邊的東西，因為飛船正不斷地 翻着筋斗，我們在開始的時候還可以支撐，但沒多久便感到頭昏腦脹了。

我們都覺得，飛船被一種什麼力量帶着前進，那前進的速度快到了極點。

這種旋轉突如其來，也突然停止，那些光芒亦消失了。我們的身體還在 左右搖擺 着，等到我們互相

可以看清對方的臉容時，法拉齊禁不住喘着氣叫：「怎麼
一回事？怎麼一回事？」

革大鵬連忙按動了鈕掣，將穹頂變回完全**透明**，
老天，這一刻，我們實在不知道該怎樣表達我們的高興才
好。

我們看到了星辰，看到了無數的星辰！

星辰在天際  ，有的大，有的小，這是什麼地方？我們已來到了什麼地方？這一切，我們都不理會了，至少我們又看到了無數星體！

我們是不是已回到了 **銀河系** 之中？革大鵬迅速調整着望遠鏡裝置，突然怪叫了起來：「看見沒有，那是什麼，看見沒有？」

他臉上露出了極其 **甜蜜** 的笑容，我從未在他的臉上見過這樣的笑容。

格勒向熒幕看去，也笑了起來：「這不是游離星座麼？」

法拉齊**高舉雙手**歡呼：「我們回來了！剛才那光帶將我們帶回來！」

從那時候開始，飛船在一個個星球之間**穿梭**而行，我們回到銀河系的那種興奮，一下子又冷卻了下來，因為我們都知道，地球只不過是銀河系中的**一粒微塵**，我們雖然在銀河系中，但是離地球可能還有幾萬光年那麼遠。

當沮喪的情緒又瀰漫在飛船上每個人之際，我們所期待的震盪終於來了！

那震盪是突如其來的，忽然之間，我們猶如被一個**力大無窮的人**，突然提了起來，重重的撞向天花板，隨即又掉下，撞在地上。

那還只是開始，緊接着，整艘飛船都好像要**裂**開來一樣。

但我們心中是高興的，因為這就是那種神奇而不可思議的宇宙震盪，它有可能帶我們回到自己的時代去。

震動結束後，我們站起來，互相望了一眼，大家都鼻青臉腫，革大鵬指着透明的穹頂大叫：「**看！看！這是什麼？**」

我們抬頭看去，看到了一個圓而亮的星球，這個星體，我們對它可以說是再熟悉不過了。

那是我們的太陽！

革大鵬不斷地調整着那望遠鏡的角度，沒多久，

熒幕上 **終於出現了** **地球！**

我們每一個人都睜大了眼睛望着它，那肯定是地球，

是我們居住的星球，我們太熟悉了。

我們的興奮，到了幾乎發狂的程度，每一個人都拉開

喉嚨 **亂唱着歌**。

　　經過電腦計算，再過七十一小時的航程，我們就可以在地球上降落了！

　　但是，我們將要到達的地球，是屬於**什麼年代 9 2023**的地球呢？

　　我和白素當然希望是21世紀，但革大鵬他們則希望是22世紀，而迪安想回到哪一個年代，我們實在不清楚，他希望回到自己那個地球被毀滅的年代嗎？

　　我們三方面不會同時**如願**，但有可能同時失望，到了完全脫離我們那個年代的時空去。

　　飛船距離地球愈來愈近，地球表面的情形我們也愈看愈清楚了，我們看到了**高山**，也看到了平地，更看到了**海洋**。

　　我們變得愈來愈樂觀，這是我們樂見的地球，至少不是那個被冰層覆蓋着的地球。

航程只剩下最後一小時了，在熒幕上，我們可以看到海洋上航行的大輪船。

我和白素一看到了那艘 **輪船**，幾乎叫了起來，因為那艘船，我們是認識的，它是我們那個時代最大的一艘輪船！

那就是說，如今我們將要降落的，！

我們算是回家了，我和白素的太空流浪可以結束了。

這時飛船卻忽然停了下來，我驚訝地問：「什麼事？」

革大鵬的臉色十分難看，法拉齊、格勒和迪安也是一樣。

我們當然理解他們的 **失望** 情緒，也不好意思再問下去。革大鵬呆了好一會，才說：「你們看到了，我們的太空流浪，並沒有結束。」

我連忙道：「其實，你們來這個年代，只要我和白素

不説出來，沒有人會知道你們 **真正的身分**。而憑着你們超人的學問，一定可以在地球上獲得極高的成就！」

革大鵬不出聲，其餘各人也 **不發一言**。

好一會，革大鵬才説：「不，我們不是屬於你們這個時代的，你們下去吧，你們利用小飛艇，可以很順利地通過 **大氣層** ，回到地球上去。」

「那麼你們——」白素的話中，充滿了依依不捨的語氣。

革大鵬和其他人交換了一個眼神，「我想，我們決定仍在太空流浪，**直至找到我們的時代為止**。」

「你們可能永遠找不到。」白素擔心道。

革大鵬點點頭，「是的，但我們的家不在這個時代，**我們想回家**。」

　　我和白素嘆了一口氣，不由自主地跟他們每個人握手，
彼此都沒有多説什麼，只是緊緊地握着手。

　　我們握過手後，革大鵬説：「小飛艇的操縱
方法，你們已掌握，我們會等你們降落之後，再開始我們
的航行。」

　　我和白素離開了駕駛室，來到小飛艇旁。我們 **爬** 了進去，開始發動，小飛艇以極高的速度，向地球表面衝去。

　　我們的小飛艇進入大氣層時，艇身發出「**滋滋**」的怪聲來，變得十分不穩定。當它猛地插入大海後，我們合力打開艙蓋，**海水** 湧了進來。我們費勁掙扎着，浮上了海面，那並不是一望無際的大海，而是近陸地的海。

　　我們看到了一個荒島，便立即游過去，等到成功登岸時，雖然身體已經 **疲憊不堪** ，但我們仍然驚呼起來！

　　這個小荒島我太熟悉了，正是白素飛機撞毀的那個小島！

　　那實在太湊巧了，而我們回到市區後，發現日子只過了 **四天** ，那就是説，我們在未來的外太空流浪了那麼多個月，卻只等於我們所屬時空的四天而已。

到了這裏，事情也沒有什麼再值得記述的了。但還有一件事，革大鵬他們究竟怎麼樣？我一直他們能夠回到自己的年代去，不過有一天，我偶然看到一篇記載，使我對他們的下落，有了不樂觀的看法。

那篇記載是關於一百年前，有一顆極大的，墜落在法國南部。有隕星墜落，那並不

是什麼出奇的事，但隕星的殘餘部分最近被掘出，拿去分析，發現當中有着**生命的痕迹**。因此許多專家認為，在這個隕星上本來有着生物，而他們發現的那些蛋白質組織，和我們人類的**蛋白質**組織十分類似。

這不禁使我想起了那艘飛船，革大鵬他們會不會在太空流浪了許多年，直到四個人都全死了，才遇上宇宙震盪，墜落到地球上，而被當作是隕星？我之所以有這樣的猜想，是因為那隕星墜落的年份，恰好又是**一百年前**。（完）

案件調查輔助檔案

琥珀

我們已來到坑邊，向下望去，看到那個「人」，他身子微微蜷縮，在淺藍色的冰層之中，情況就如**琥珀**中的昆蟲一樣，當然是死了。

意思： 由松柏科等植物的樹脂石化形成的化石，大部分是透明的，狀似水晶。樹脂滴下，埋在地下千萬年後，在壓力和熱力的作用下形成化石。有些化石內部會包着蚊、蜜蜂等小昆蟲。

拉丁字母

革大鵬接過來細看，皺着眉説：「這確實是**拉丁字母**，在我那個時代，它幾乎已變成世界各地拼音文字的主要部分了。可是這幾行字，我也看不懂是什麼意思。」

意思： 古羅馬人語言「拉丁文」拼寫所用的字母，最初在意大利半島和西歐流通，在19世紀時擴散為全世界最多人使用的字母。

解剖

我們把那個被凍僵了的死人翻來覆去仔細地研究，只差沒有將他**解剖**開來而已；可是，就連他是不是地球人，我們也不能確定。

意思： 將人或動物、植物的身體切割開，以觀察其內部的器官和組織。

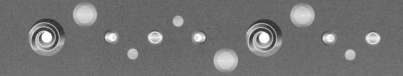

匪夷所思

大清光緒二十四年，一個姓過、名一雲的人死了， 他的兒子為他造墓立碑，而這座墳墓，竟然在我們乘坐飛船，經過遼闊太空才到達的一個星球上出現，這是多麼**匪夷所思**的事！

意思：不是一般人根據常理所能想像出來的。

倖存

他喘了一口氣，又繼續說：「而這個基和我們發現的那個人，卻因為某種原因，僥倖地保存了下來。整個地球上，像這樣**倖存**下來的東西，一定還會有。」

意思：經歷某個有危險的事件之後仍然存在。

懾人心魄

我們的心情都十分緊張，革大鵬將飛艇升得更高，以防那「地下堡壘」突如其來的反擊。在空中望下去，那金屬圓頂在閃閃生光，**懾人心魄**。

意思：形容事物有很強的吸引力，讓人們心神恐懼，像是魂魄被取走了。

太陽黑子

「你的太空船是那個時期唯一失蹤的太空船，據調查結果，你們的太空船擅自中途改變航行方向，在接近太陽時失蹤，可能是毀滅於**太陽黑子**爆炸時的巨大輻射波之下，一點也不剩。」迪安說。

意思：指太陽光球表面上的陰暗區域，溫度較太陽其他表面低，也有很強的磁場。黑子一般成群出現，它的數量是觀察太陽活動的指標。

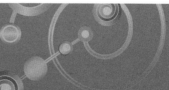

不勝唏噓

我們這幾個曾經經歷過地球上無比繁華的地球人，如今卻在這個滿目瘡痍的地球上，實在令人**不勝唏噓**。

意思：無限悲哀嘆息。

袖手旁觀

至於我和白素，是更古老的人，連協助修理飛船的知識和技術水平都不具備，在接下來的幾天，只能**袖手旁觀**。

意思：把手縮在袖子內，在一旁觀看。比喻置身事外，既不過問，也不協助別人。

光速

革大鵬沉聲道：「沒有什麼速度可以和光一樣的，也別說要超過**光速**了。我們只求遇到那種宇宙震盪。」

意思：指光波在真空或介質中的傳播速度。光在真空行進的速度為每秒299,792,458米，是目前發現的宇宙所有物質中，速度最快的。

鎳

那就是說，這團氣體的溫度之高，足以令**鎳**成為氣體！

意思：一種銀白色帶淡金色的金屬，曾經會用作鑄幣，但現時已大致上被較便宜的鐵所取代。

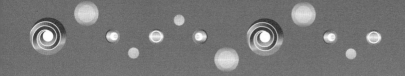

魚貫而入

我們**魚貫而入**，發現飛艇內並沒有人，而座位根本細小得不能坐，我們站穩後，飛艇便自動起飛了。

意思：如游魚首尾相接，一個挨着一個地依次序進入。

退化

以後，每出來一個模型，形體都小了許多，而且形狀也愈來愈簡單，一些不必要的器官都完全**退化**了。唯一沒有變的，是那兩排眼睛。

意思：生物為了適應環境，會停止發展身體結構上較不需要的器官，會變小，功能減弱，甚至完全消失。

頭足綱

「猿人進化到人，尾巴退化了；軟體動物中，**頭足綱**的鸚鵡螺，是有貝殼的然而進化了的烏賊，貝殼便已退化到軟體之中。」

意思：軟體動物門的一個分類。頭足綱動物全部海生，肉食性，身體兩側對稱，分頭、足、軀幹三部分。

出人意表

第十五個模型，是最後一個，我們看到的是一個只有拳頭大小的紫色發光體，小得如此**出人意表**之外，形狀也接近圓形。

意思：事物的好壞、情況的變化、數量的大小等，超出了人們的猜測。

游離

回答是：「以後的四億年左右，我們又發展到腦電波可以單獨存在的**游離**狀態。腦電波可以離開一切器官而獨立存在，這是我們跨向永恆的最重要一環，因為任何器官都不能永恆存在，在這以後的一億年之中，我們最後的器官也退化了。」

意思：脫離依附的事物而單獨存在。

不約而同

我和白素**不約而同**地搖頭，「我不願意留下來。」

意思：彼此沒有事先商量過，做出相同的意見或行為。

歸宿

革大鵬笑了笑，只說：「那麼我現在起飛了，萬一找不到**歸宿**的時候，大家要記得，我身為一個領航員，曾提醒過各位的。」

意思：人或事物的最終著落、依靠或寄託。

徒勞無功

法拉齊更因此著手研究怎麼把自己變成機械人，那當然是**徒勞無功**，但總算可以消磨一下他的時間，使他保持著一絲希望。

意思：白白浪費了時間和勞力，沒有任何成果。

隕星

那篇記載是關於一百年前，有一顆極大的**隕星**，墜落在法國南部。有**隕星**墜落，那並不是什麼出奇的事，但**隕星**的殘餘部分最近被掘出，拿去分析，發現當中有着生命的痕迹。

意思：指從外太空飛來，墜落在地球的星體。當星體穿過大氣層時，會與大氣氣體產生摩擦而爆裂，解體成許多碎片，絕大多數碎片會在落地前燃燒殆盡。

衛斯理系列 少年版 30

原子空間 下

作　　　者：衛斯理（倪匡）

文字整理：耿啟文

繪　　　畫：鄺志德

助理出版經理：林沛暘

責任編輯：梁韻廷

封面及美術設計：黃信宇

出　　　版：明窗出版社

發　　　行：明報出版社有限公司

　　　　　　香港柴灣嘉業街 18 號

　　　　　　明報工業中心 A 座 15 樓

電　　　話：2595 3215

傳　　　真：2898 2646

網　　　址：http://books.mingpao.com/

電子郵箱：mpp@mingpao.com

版　　　次：二〇二三年六月初版

I S B N：978-988-8828-54-8

承　　　印：美雅印刷製本有限公司